KB089656

여백이 있는 오후

황금알 시인선 252

여백이 있는 오후

초판발행일 | 2022년 8월 25일

지은이 | 김석렬
펴낸곳 | 도서출판 황금알
펴낸이 | 金永馥
주간 | 김영탁
편집실장 | 조경숙
표지디자인 | 칼라박스
주소 | 03088 서울시 종로구 이화장2길 29-3, 104호(동숭동)
전화 | 02)2275-9171
팩스 | 02)2275-9172
이메일 | tibet21@hanmail.net
홈페이지 | http://goldegg21.com
출판등록 | 2003년 03월 26일(제300-2003-230호)

여백이 있는 오후

김석렬 시집

황금알

| 시인의 말 |

고목 끝자락에 핀 한 가지 매화

모든 사람의 뒷모습이 이랬으면 좋겠다

매운 겨울을 이겨낸 향과 자태

아린 가슴으로

처절하게 핀 꽃 따라

온몸으로

모자라고 움츠렸던 언어로

향이나 피워야겠다

2022년 여름

김 석 경

차 례

1부 여백이 있는 오후

6부 문득

1부

여백이 있는 오후

신발

넌,
처음 볼 때부터 내게 꼭 맞는 것 같았어
마치 나만을 기다리고 있는 것 같았지
야무지고 아담한
가지런하고 함초롬한 모습으로
포근한 햇살에 앉아서

그래서 선택했어, 너와 함께 뛰어오르고 달리고
어디론가 쏘다니고 싶어서

내게 너무 꼭 맞았었나
하늘이 맺어준 것이라 여길 정도로 넌.
내 몸을 감싸며 지탱하고 있는 네가 예쁘고도 사랑스
러웠어
아무에게나 발을 내밀면서 자랑도 했지

단 하루라도 떨어지면 안 되는 사이가 되고 만 거야
우린 너무 꼭 맞아
서로의 맞닿는 부분에 생채기가 생기는 것도 모르면서

조금은 쉬었다가 너를 만나기로 했어
그렇지 않으면
발에 난 상처에서 붉은 피가 흘러나올지 모르니까

상처가 굳고
새살이 돋으면 다시 너와
세상을 걸을 거야.

한동안 떨어져 있는 이 순간이
더 서로를 그리워하게 하고
더욱 서로에게 길들여질 테니

여백이 있는 오후

햇살들이
그대의 속삭임 되어 어깨에 내려오네요
오늘은 한가롭게 여백이란 그림을 그려
가슴에 남기고 싶습니다

그 안에서
그대의 작은 밀알들이 자라
숲이 되고 거대한 산이 되고
그 아름다운 산하가
익어 익어
이 가을날 햇살로 풍성해지도록

시원하게 맑은 하늘
붉게 물들어가는 감 몇 알로 가슴까지 익어가는 오후엔
그대가 그려줄 화폭을 펼쳐두고
기다림만 그리렵니다

상사화

선운사에는 만나지 못하는
안타까운 영혼들
그리움 덩어리들이 숨어 산다네

가슴처럼 둥그렇기만 하던 구월
복받치게 젖었던 마음들이
산사를 온통
붉게 물들이고

그래도 못 다한 무리무리
서쪽 하늘까지 붉게 물들이고 모자라
차마 모자라서
도솔산 구석구석 피어난다네

새벽에

새벽이면
하늘을 볼 일이다
살아있다는 것은 별이 반짝이는 이유
어느 알 수 없는 하늘 아래서
이 시간
누군가는 술잔을 들고서
건배를 하고 있을지도 모르는 일
찬바람이 볼을 스쳐도
호흡을 고르며
지나간 시간을 먹어도 볼 일

반짝이는 도시의 불빛이
현란하고 곤혹스러워도
전갈자리
사수자리 큰곰자리
지나간 전설들을 생각하며

가만히 서서 하늘을 올려보다
별이라도 떨어지면

잊혀진 사람의 이름이라도
불러볼 일이다.

코스모스

산 아래 바라보며
꽃 한 송이 피었구나

지나가는 것은
세월이나 물길이 아니라
스치는 바람

흔들리는 것으로
하루를 보낼 뿐
한마디 말이라도 하였느냐

보고 싶다거나
울고 싶다거나

길

단풍을 지나 싸늘하게
굳어버린 계절
그 속을 걸어가고 있습니다.

하소연할 누구 없어
턱 턱
숨 막혀오는 매서운 길
그저 걷고 있습니다.

아는 것이라곤 아무것도 없습니다
단지 당신을 향한 마음
당신을 향해 걸어야 한다는 것

힘든 몸
어디까지 걸어갈 수 있을까요
겨울
얼어버린 하늘 아래서
또 한 걸음 내딛습니다.

신열이 나는 몸으로 당신을 향해 갑니다.

차향茶香

등잔불 고요한
침묵으로 가득한 산
흐르는 바람 풍경을 깨우니
먼 곳의 님 행여 올까 귀 기울여 보는구나.

계곡의 물소리 숨죽여 흐르는데
밝혀놓은 꽃 한 송이
바람에 흔들리고
찻그릇 하나 가득 그리움만 넘실대네.

향香 흐르는 듯 머무는 듯
달, 둥그렇게 오르면
긴 사연 잔에 담아 마주 앉아

물소리 풍경소리 높이 뜬 달
가득 담긴 차향茶香
두 손 받들어 모셔
광덕산 하얀 밤 그윽하게 지새우리.

등목

뻘뻘 땀을 흘리며
찾아온 친구
냉수 한 모금 찾는다

옷소매 잡고
지하수 물을 틀어 뿌려대었다

얼굴에 피어나는 무지개 한 자루
느티나무 그네 시원하게 날던 시절만큼
상큼해지는 친구
너의 웃음이 피어난다

여름 싱그러워진다
우리는 전부터 그랬었다.

밴댕이구이

비가 내리든지 지루한 날이면
백운역 앞 부평공원
비린 연기 피어나는 거리 생각난다

정체성 없던 무뢰한 나날
물속 거닐다 정신 차리듯 전화를 걸면
한동안 못 보았던 그녀
바쁘던 일상을 뒤집으며 구워낸다

굵은 소금 뿌린 밴댕이구이 앞
일상이 일생이 되든 말든
피어오르는 연기에 화두는 익고

청하를 좋아한다며
부평 백운역 이 동네를 좋아한다며
웃던 여인의 음성
공원 거닐던 사람들의 발길 사이
높이 선 미루나무로 스며들었지

지구 반대편 어딘가 있는 그녀
빗줄기 따라 피어오르던 연기의 고소함 기억이나 할까
비 오는 날 부평공원 포장마차엔
속 좁은 사내
밴댕이 뒤적이는데

오일장

사람 사는 맛을 느끼고 싶을 때
어머니 보고 싶을 때
무작정 추억이 그리울 때
오일장에 가고 싶다

우직하고 퉁스런 무쇠솥에 끓어오르는 국밥 한 술
어정거리며 괜히 돌아다니는 발걸음들
팔고 사고 분주한 척
겨울 작은 햇살로 모여드는 정

무엇이 없던 곳이랴
조기 금빛으로 줄줄이 걸리고
등 푸른 고등어 은빛 갈치 넘치던 어물
뜨거운 불 따당거리는 망치 소리에 시퍼런 날 세우던
낫, 호미 그리고
학비에 팔려 간 누렁이가 못내 돌아보던 쇠전 있던
고향 한재의 오일장

먼지 날리던 장고샅마다 위로와 웃음 주고받던

그리운 얼굴들
물건들 손들 그 포근함들

잔주름 가득 넘어온 시간
먹는 나이만큼 더 그리워지는 곳
어느 곳이든 어머니 얼굴이 있을 것 같은
오일장에 가고 싶다

데아뜨르 규호

관교동 몇 번지인지
잘 몰라도
세상에 할 말이 생기고 살다 지치면
그리고
사람이 그리우면 이곳에 온다

타이타닉
애절한 음률이 플룻을 타고 실내를 흐르면
붉은 얼굴을 한 어떤 이의 몸짓에서
열정을 보고
또 어떤 이의 비틀거리는 발걸음에서
하루를 되돌아보고
그러다 한잔의 갈증으로 밤이 깊어 가는데

살며시 말 건네는 이 있어
하고픈 말
다 하는 세상이 올 때까지
그냥 앉아 밤이나 지새우려고
데아뜨르 규호에 온다

사람이 그립고 말이 그리워 몸살 날 때

2부

대나무 숲으로 간다

목련

사월
길목마다 등 밝히니
찬 골목 걸어온 마음들 녹아
서로 훈훈해지고

담장 위
나무마다 밝아지는 등불에
세상은 또 충전되고

순백의 시간

온통 하얀 천지
간간이 산을 넘는 비행음도 하얗게 들리는 시간
쓰지만 조금은 달았던
어제와 오늘이 겨울 속에 앉았다.

잠들어 버린 산하
너울거리며 천천히 내려앉는 순결
욕구 절망 허무
상념으로 가득 찬 가슴
길 숲 마을 산 하늘을 덮어 오직
하나의 색

스쳐 지나간 것들 속
하늘 가득 내려오는 순백의 별들 속
고요하게 한 가지 색이 되는 시간

다가오는 시간들
더 사랑해야 한다
온통 깨끗함으로 변하고 있으니

대나무 숲으로 간다

눈이 많이 내리면
대나무 숲으로 간다

우뚝 서
숲을 이루던 대나무들이
이리저리 흔들며 노래하던 대나무들이
휘어지다 휘어지다 갈라져
아파하는 소리 들으러

하 세상이 하얗거든
무게를 못 이겨 쓰러지던 순간,
순간들

서 있다는 것은
짐을 지고 흔들리는 일

무너지고 휘어져 넘어져도
찬 이슬 털어내듯
다시 서는 모습이 그리워질 때면

눈이 많이 내리는 날
대나무 숲으로 간다

그 끝

가을
그 끝을 잡으러 가자
허전하고 싸늘하더라도

뒤집히는 화려한 색들이
한껏 날리거든
앙상함으로 남은 시간의 자투리를
여유로 만들기 위하여

낡고 부서진 탁자에 턱 괴고
누군가 기다릴 거야

상념이 지나갈 들판을 지나
단풍 두어 장 남은 마당 한켠
모닥불 피울 자리 찾아

가자
천천히 걸어서

서각書刻

나무의 결 다듬고 갈아
새벽 수행에 들었다
무더위 무료함 무능력 이겨낸
다선일미茶禪一味

같은 향 같은 맛 다듬어 벽에 걸었다
한동안의 망치 소리
예리한 칼맛
여름의 질펀한 소나기까지
은은하게 벽에 걸렸다

집안 가득 휘도는
향긋한 차茶 내음

선禪 다가온다

꽃을 보는 시선

여름 속에서
피어오르는 그대

고개 숙이지 마라
한껏 햇살을 향하여라

참고 이겨낸 고통
그 인내마다 꽃으로 피어나
찬란한 색으로 세상에 남으니

그대를 바라며
또한 세상은 피어오르니

텃밭

이른 아침이면 어릴 적 엄니처럼
요강단지를 든 바쁜 그녀의 텃밭은 항상 풍요로웠다
사철 푸른 시금치나 치마상추 무성한 호박 덩굴
비릿한 쇠비름이나 바랑이 까마중까지

이웃한 텃밭
인사 나누지 못한 이태가 지나고
나의 텃밭에서 제법 실한 오이며 가지 고추들을
한 바구니 채워 나오던 날
그녀와 눈이 마주쳤다

혹 텃밭 사이 어설픈 울타리를 넘어온
호박 한 통 따 담은 것을 알기라도 한 것일까
콩알만 한 가슴으로 변명하려다

붉어진 볼로
꿀 넘치는 복숭아 바구니
넘겨주는 그녀
여인네 마음 통째로 받았다

벚꽃 걷기

혹독했던 겨울 한날
봄은 언젠가 올 것이라는 소리에
뾰로통하게
"저 함박눈만 한 꽃 아래서 만나야 해"라고 말한
너의 목소리를 잊지 않았다

그날 이후 유난히 많은 봄꽃 피었고
꽃비 되어 날리는 가로수 아래
처음 세상을 걷듯
너의 손을 잡고 비틀거려본다

네가 벚꽃처럼 환하다
모처럼 세상이 환하다
내 얼굴도 벚꽃으로 보였으면 좋겠다

날아갈 봄
모두 떨어지기 전
서로의 발등에 내려앉는 꽃잎 세며
네 손 꼭 쥐고 끝까지 걸어야겠다

오늘 저 가로등
왜 저리 조는지 모르겠구나, 걷자

가지치기

춥다고 아침에 장작불 피울 수 없듯, 오월
향나무 꼭대기 햇살을 양산이나 차광망으로 가릴 수
없다
오늘은 어머님 기일忌日

한낮은 머리까지 차오르는 목마름과
휘청거리는 세상
잘려진 가지들이 떨어지는 순간마다
하늘은 흔들렸다

사다리를 타고 오르는 걸음마다
잘려져 떨어지는 향香
삭둑거리며 가위로 나무를 다듬는 것이
향을 피우는 유일한 방법
더워도 추워도 사각거리며 향을 살라야 한다

벚꽃 철쭉꽃 다 진 늦은 봄
가위를 멈춰 하늘을 닦고
단정해지는 나무와 세상을 본다

아들의 사각거리는 소리를 들으며
어머니는 환하게 웃으실 것이고
사각거리며 피어나는 향에
하늘은 깨끗하게 더 푸르러질 것이다

민초막걸리

벽이 글을 걸고 반긴다
두 손으로 기울여 붓는 막걸리가 반갑다
청포님의 따스한 웃음
오래간만이다

잔마다 가득 담기는 지나온 흔적들
찌그러진 주전자 돌고 돌아도
다 못 채울 기억들

저편
여인의 볼 익어 갈 즈음
오월 또한 푸릇 피면
윈난성 차마고도에서 돌아온
사진가 벽하 선생의 대머리까지
벌겋게 익어가는 흔적

얼싸안고 입이라도 맞추고 싶은
사람들끼리
한련화를 심었다고 수줍게 말 건네는

주모의 입까지
탁 털어 넣고 싶다

여기 민초이니

월동준비

참나무 장작 가득 싣고
광덕산 계곡을 오른다
오르막길에서 뒤집힐까 몰라
아주 천천히

집 모퉁이 연기 피우면
코로나19 물러가고
친구 찾아올지 모르니

앞집 누런 강아지
꼬리 흔들며 반기는 산속

마당에 날리는 찬란한 색들
보고 싶던 얼굴들
장작과 같이 쌓아야겠다

차탁 작업

지니고 있는 모든 힘으로
포근한 나무의 속살을 만지는 시간

잡념도 없다 사념도 없다
지극한 세월의 향 있을 뿐

잠깐씩 올려다보는 겨울 하늘엔
날짜도 없다 시간도 없다
고목의 지나온 새순과 단풍의 기억

손끝에 닿는 감촉
면경처럼 매끄러워진 다음에야 쉬어지는 호흡
거칠어도 감미롭다

나이테 지우듯
온몸으로 나무의 속살들을 더듬어본다

죽음보다
의연함으로 다가오는
깊은 향

충전充電

고된 몸으로 서로를 위로하고 있다
맞닿은 너의 손에서
까칠한 세상 냄새가 난다

만지고 싶지 않아도 만져야 하는 것들
살아야 하기에
거칠어져 가는 속내를 감추고
서로를 어루만지고 있다

일상의 덧
손끝마다 남은 한기寒氣
하루하루 거칠어져 가는 속내
말 한마디 아껴가며 위로하지만
우리는 안다
더욱 밀착하여
서서히 뜨거워져야 한다는 것을

너와 나
누가 우리를
충전할 수 있겠는가?

3부

지구를 놓다

지구를 놓다

바람이 만들어져 지나가는 소리
날리는 것들은 아름다울지 몰라도
그 가운데 선 번뇌는
지구를 들고 있다

날아가는 것들은
다들 빙글빙글
옳고 그름 없이 돌고 있으니
여름은 더울 것이다

소나무 사이로 바람 지나가고
묵은 바위 이끼 사이로 물 돌아간다
그 사이
더운 날 지나간다
들고 있던 지구를 놓아버렸다

일찍 찾아온 봄

아리고 매서운 바람을 지나
목마름에 겨워야
겨우 다가서는 봄인 줄 알았는데

천천히 올 듯 올 듯
기다림,
아쉬움이 지쳐버릴 때쯤 오는 것이
봄인 줄 알았더니

의미 없는 차가운 거리마다
사흘간 비 내리고
목련나무는 가지마다 등을 밝히고 말았어

아물지 않은 가슴인 채로
하얀 서러움들만 피어나 있어
아직 맞이할 준비도 못 했는데

멸치

남해바다 뛰어오르는 은빛의 찬란함과
풋풋한 오월
그 상큼함 속을 지나온 항구

입을 앙다물고 또는 이를 깨물면서
삶을 당기는 사람들
뛰어 오르는 파편들의 그물 속
부서지는 존재들

출렁이는 뱃전은 온통 비릿한 너울과 토막 난 조각들
그 하나하나를 끊임없이 거두어야 하는
거칠기 그지없는 손들

멸치들의 파편을 터는 손들을 보고서야
오월 떨어지는 꽃들 그 슬픔과
조각난 삶을 건져야 할
주워 입에 넣어야 할 이유를 알았고
처절하게 왜곡되어 올라오는 밥상의 멸치
그 눈들의 진실을 알았다

이제 어찌 그들의 눈과 마주치랴
저미는 가슴으로
한 조각 한 조각을 보았는데.

타악기 여인

가을을 신나게 연주하는
여인을 보고 있다

손끝에서 춤을 추고
가슴마저 뛰게 하는 긴박한 시간
어느 색으로 익어가야 하는지
고민할 필요는 없다

계절은 떨어져 흩어지는 것
또 하나의 색을 만들어
새로운 시작을 준비하는 저 현란한 몸짓
손끝 스치는 바람에
황홀한 색채에
몸을 흔들어 미쳐보는 일

하늘이 높아
더 푸르른 계절까지
흔들며 흔들리며
온몸으로 살아가는 것일 뿐

북 치는 여인 익어간다

구월

잡을 듯
잡을 수 없었던
그리움들이 꽃으로 아롱지는 시간

수줍음 가득
붉은 얼굴 고개 드는 때 기다려
살랑바람 불어오는 것을 보니
가을은
상사화 물들 때를 기다려
조심스럽게 발을 내디뎌야 하나보다

가슴 깊이 붉게 물이나 들여야겠다
일렁이는 목마름
살랑이며 지나가라고.

남해 갓후리

솔밭 긴 길을 따라 얼핏 보이는 바다
금가루 깔린 해변을 걷는 사람들
갓후리체험장이라는 플래카드가 걸려있었지
갓후리
가두리에서 고기 잡는 체험을 잘못 쓴 것이겠지—라며
해변으로 다가가는 사람들의 뒤를 이유 없이 따라갔지

반달의 안쪽 모양으로 활처럼 휘어진 해변
달의 한쪽 끝에 동아줄을 잡고 있는 사람들이 있었고
통통거리는 배는 줄을 바다에 뿌리며 큰 원을 그리는
거야
달의 반대편에 도착한 배가 동아줄을 내리면
초승달의 양 끝에 모여든 사람들이
동아줄을 당기는 거야

갓후리는 바다의 둘레를 돌며 그물을 후리는 고기잡이
당기는 동아줄에 바다가 끌려오는 거지

질퍽한 바닷물과 미역이며 다시마 등의 해물

펄펄 뛰는 생선들
뱃사람의 비릿한 입내까지 잡아당기는 고기잡이

구수한 인정이 살아 숨 쉬는
솔향기 속 바다
그 활처럼 달처럼 굽은 남해
살아 퍼덕이는 바다를 당기고 싶다

얼린 소주

폭우 속 한 달을 기다려 온 휴가
찾아오는 얼굴들의 땀방울 생각하며
소주를 모두 얼렸어, 팔월이니까
친구들이 모여들었지
얼린 소주의 시원함을 생각하며

익어가는 고기에 풍성한 야채들
오랜만에 만나는 즐거움으로 모두는 들떴지
건배 요청에 소주병을 땄겠지
성에가 흐르는 얼어버린 소주병의 시원함이야
말할 필요가 있겠어?

그런데 언 소주병은 채 한 잔도 주지 않았어
흔들어도 쥐어짜도
방울방울 떨어지는 목마름은
손으로 감싸고 덥혀도 시간이 지나도
방울로 떨어지고 있었지

정말 시원하게 마시고 싶었던 우리

애타게 침을 삼키며
모두 기다려 온 한 달만큼의 시간으로
바라보고만 있었지

주홍

하늘에서 내려와
들녘에 꽂히는 저 황금의 화살들
한 촉 한 촉
어디 편애가 있느냐

망설임 없는 빛의 축복 아래
익어 숨 쉬며
가을은 철들고 있지 않는가.

저기 파란 하늘 언저리
주홍 감으로 익어

매화를 새겨 본다

혹한을 이겨내신
봄의 정령들이시여, 오소서

기다림에
고목 가지 끝마다 피어오르는 향기
묵언으로 지낸 나날
단아한 미소로 표현하소서

지난날
예리한 손끝으로 새겨져
봄 환하게 당겨주소서.

봄나들이

독경 소리 울려 퍼지는
돌 틈새 민들레 피어나는 어느 대웅전
부처님 말씀 취해 두 손 모아 합장하는데
요란한 두 마리의 참새 소리
대웅전 처마 끝을 쫑알거리며 이리저리 퍼덕이기에
합장한 손으로 올려다보았지요.
이곳 저곳을 퍼덕이며 살피던 두 녀석
적당히 자리를 잡는가 했더니
오-매!
뽀뽀하는 겁니다

두 참새 자리를 옮겨가며
이곳 저곳을 살피더니
떡 하니 독경하는 스님의 머리 위
대웅전 지붕에서 대낮에 글쎄,
한 놈이 한 놈의 위로 올라가 열애를 하는 겁니다
에-고!

잠깐의 시간이 지나

바라보던 눈과 볼이 약간 붉어지려는 순간
둘은 어느새 떨어져
암놈은 꾸벅꾸벅 졸고
수놈은 자랑스럽다는 듯
깃털을 매만지며 으스대고 앉아 있더라고요

이해되지 않던
부처님 말씀이
봄꽃으로 다가왔습니다.

겨울

서 있는 것들이란 모두
고개를 흔들며 숙였다가 일어나는
속 것들 속
비는 수직의 사선으로
나뭇잎은 수평의 사선으로 떨어지는 시간
문을 두드리는 인기척으로 겨울은
유리창 후비며 찾아왔다

소주가 없냐며 들어온
친구 놈 눈처럼
아무 곳에나
담뱃재를 터는 그놈 손버릇처럼
집 안 구석구석을 헤집더니
빚 독촉하듯 아무 곳에나 드러누워
벌써 두 달째

고뿔에 발 시려 못 참겠다
방안이고 거실이고 버티고 있는 저놈
저놈을 어떡해

4부

아침이 좋다

아침이 좋다

선명하게 다가오는 아침이 좋다
푸릇하게 다가오는 봄볕이 좋다
상큼한 너의 미소가 좋다

찬바람 속을 지나 움트는
작은 속삭임들
천천히 아롱이며 피어나는 희망들
그 시작들이 끌어주는 하루

새들의 날갯짓으로 남은
앙상하게 흔들리는 가지 위
내려앉는 볕의 따스함으로
온기를 전하는 아침

선명하고 푸릇하니
아침이 좋다

나태한 여름

앉아있는 것도 귀찮은 날
어디에서부터 나타난 게으름인가
떠나고 싶다는 생각마저 땀에 젖었다

모두 잠든 시간
사라지지 않는 나태함에
떠나지 않고 달라붙는 집요한 끈기

죽을 수 있는 순간이 따라옴에도
끈적이며 간지럼 태우는 파리들에게
채를 들어 지겨움을 내두르다
깨어난다

눈을 들어
집요함으로 바라보아야 할
세상이 있기에

하얀 발걸음

눈을 밟으며 걷자

투둑거리며 별이 쏟아지는
노루나 사슴이 먼저 지나간 길

어떻게 걸어야 할지
어디로 가야 할지
생각하지 않아도

편안하고
가슴이 쿵쿵거리는
눈 내리는 산길

하얀 발걸음으로
걷자, 우리.

작업

세월의 흔적 먼지로 날리고
벗겨 매끄러운 몸 만져지면
조금씩 숨이 가빠온다

하얀 속살 꿈같은 순간
근육이 뛰면서
짜릿하게 달아오른다

둥그런 체형
매끄러운 향기
부드러운 살결
마당 가득 넘치면
차탁 탄생하는 또 하나의 시간

두근대는 가슴
하늘 맑아지는 손길

겨울 동화

바람이
나무를 지나고 산등을 지나고
단풍을 지나고 구름을 지나면서
다 떨구고
추억도 자랑도 다 떨구고
청소하면서
마당 현관 지붕을 지나더니 결국,
하얀 눈가루로
일 년 가을의 흔적까지 지워버렸어
가슴 속 묵은 들판도
바람 내닫는 하얀 세상으로 정리되었어

푹 잠들어 꿈을 꿔야지
목련 벚꽃 살구꽃
온천지 환하게 피어나는 꿈

광덕산 가을

산이
모든 것들을 내려놓고 있다.
침묵으로 한 잎씩

지나온 날들에 대한 상념
잊혀져 간다.

햇살로
날갯짓으로
물 흐름으로
조용히 지나가고

바람만
풍경을 때릴 뿐!

5부

거꾸로 도는 물레방아

거꾸로 도는 물레방아

어느 계곡에 물레방아가 있다. 평범한 물레방아 열심히 멋지게 돌고 있기에 모두는 계곡 주변의 풍광과 인심과 산의 기상에 걸맞게 잘 돌아간다고 감탄을 했다. 시원한 물소리며 사래치며 노니는 빨갛고 까만 잉어 그 연못 위에 들어온 산의 흔들림이 평화로워 사람들은 자꾸 몰려 앉고 서고 사진 찍고 경치에 빠지니 계곡은 웃음으로 날이 저물었고 어둠도 포근함으로 계곡을 보듬듯이 내려앉았다.

어느 날, 물레방아를 만든 사람이 돌변해 연못에 욕심을 뿌리고, 길에도 욕심을 널고, 감나무 대추나무 살구나무 벚나무에도 욕심을 걸었다. 멍멍 반기던 멍청이 귀 위에도, 풀 한 포기 뻐끔거리는 물고기에게도 욕심이 새겨졌고, 덩달아 온 계곡엔 욕심들이 걸어 다녔다. 계곡이 변하자 잘 돌던 물레방아가 멈춰서더니 보란 듯이 거꾸로 돌기 시작했다. 잘 돌다가 한 번씩 거꾸로 신기하게 한 번씩 거꾸로.

사람들도 거꾸로 돌았고 봄도 오다 말다 뒷걸음질했

다. 여름도 가을도 오다 말다 할지 모른다고 수군거렸
다. 그 후, 한 번씩은 거꾸로 돌아야 물레방아는 제 역할
이 되었고 서로에게 철저하게 준비된 욕심으로 말도 없
고 탈도 없는 계곡 조용하고 은밀한 계곡이 되어 아무에
게나 절대 문을 열지 않는 명소가 되었다.

소나무를 안아본다

모든 것들이 녹는 땅
곳곳마다 잔설의 흔적
간간이 개 짖는 소리도
온기로 다가오는 새벽

소나무 가지 사이 별 반짝이는 시간
철갑으로 무장한 침묵 아래
발길 쉬어본다

산은 숨을 고르고
세월은 나를 고르고
기지개를 켜는 하늘마다
잔가지들이 지나온 시간을 털고 있다

바지를 털고 가슴을 털고
아름드리 소나무를 안아본다
가슴 두강이며 살아갈
내일에 안기듯

젓가락

어느 회식시간, 음식을 먹다가 떨어진 젓가락을 주우려 고개를 숙였다. 탁자 아래로 떨어진 젓가락을 보았다. 이야기들도 탁자 위를 떠다니다 무수히 아래로 떨어지고 있었다. 떨어진 것은 이야기들과 젓가락뿐만이 아니었다. 첫사랑 많은 꿈들 누군가에게 했던 약속 어머니의 미소 떠나오던 기차 수없이 많았던 시간들.

젓가락을 주워 탁자로 눈을 돌린다. 떨어진 다른 것들에게 신경 쓸 여력이 남아 있지 않다. 그저 젓가락만 주워야 했다. 탁자 위에서 도태되지 않아야 하니.

귀머거리의 집

누가 시켜서일까. 아니다. 민족의 가슴 속 깊이 남은 굴욕에 힘든 몸을 끌고 유모차 알림판 분노를 앞세워 거리를 행진하는 것이다. 모여드는 것이다. 저항이 아니라 알림이다. 시위가 아니라 흥이다. 노랫가락이다. 끝없는 행진이다. 고사리손에 들고 있는 것은 자존심이다. 노래를 부르며, 춤을 추며, 남대문 종로 명동을 돌다 귀머거리의 집을 향한다. 항상 귀가 먼 자들 사는 곳을 향하다 또 춤을 추며 다가선다. 다가서고 다가서도 귀머거리는 모르는 척한다. 그래도 다가서며 가슴을 열어 보이는 행렬은 꽃이 되어 피어난다. 광화문을 수놓은 꽃들의 행진, 침묵이 온 국토를 환하게 밝혀도 두 눈과 귀를 닫아 버린 귀머거리는 문을 열지 않는다. 꽃이 왜 피어 있는지를 모른다.

갈 길이 험하고 멀어도
피어라 꽃
유월 촛불이여!

어버이날

봄꽃들 질러간 산과 들
밭둑 걸어가는 발걸음 한가롭다
새들의 날갯짓도 한가로운
허전함 속
햇살에 듬뿍 젖어 하늘을 우러르는 나
누구의 아들인가

오월 팔 일
부모님과 조상의 땅
담양을 지나
장성 정읍 내장산을 오르다
하늘을 올려다보는 시간

오늘이 무슨 날인지 아는 몸
푸르고 시린 담양 쪽 하늘을 돌아본다
고아가 된 뒤의 한가로움은
아직도 서툴다

투병기

갓 잡은 생선들을 모아놓고 사람들은
축제를 벌이고 있었어
노래와 춤 가득한 마을 속
숨바꼭질하듯 바다에서 생선을 잡아 쌓고 쌓으면
태양에게 다가갈 수 있는 게임도 있었지
사람들이 호흡을 맞추어 힘차게 줄을 당기면
바다는 춤을 추며 다가왔어

가로등 아래
빌딩과 빌딩 사이에 세 들어 있던 쭈그러진 욕망과
살아도 커지지 않던 꿈의 크기
오히려 점점 줄어들며 지친 내가
나약한 몸으로 무엇을 잡을 수 있었겠어
그것도 퍼득 거리는 푸른 생선의 몸을

바다를 당기던 손들이
힘차게 뛰어오르는 금빛 비늘들을
주워 담고 있는 것을 보았어
순간 태양은 떠오르고

바다를 끌어들인 사람들이 엄청난 힘으로
나를 바다로 몰아내기에 깨어났어.

이장

매서운 바람 맞으며
눈 덮인 모습으로 불태산 병풍산이 서 있듯이
산자락 아래
하얀 들판에 서 있습니다.

쌓인 눈을 걷어 낸 인부들이
한 줌씩 황토를 파내면
잠에 취했던 당신들이 일어나
대견한 손자의 손이라도 잡아줄 것 같아

삽날이 점점 깊이 당신들을 깨우면
거꾸로 시간을 더듬으며
아무것도 하지 못했던 자신
아무것도 하지 못할 자신을 돌아보며
망연히 바라보고 있습니다.

흘러간 역사
바람 앞에 서 있는 미천한 자손

할아버지와 할아버지의 아버지
할머니와 할머니의 시어머니를
다른 땅에 모시는 일이
정말 해야 할 일인가를 되물으면서
여전히 흘러가는 바람 앞에 몸을 내놓고

불태산 자락 하얀 들판에 서서
또 흘러갈 시간 위에
당신들을 깨워 봅니다.

당신이 걸으셨듯이

섬진강은 계곡을 따라 굽어져
넋이, 당신의 넋이
계절의 저편으로 흐르듯이
차갑게 흘러가고

한 번도 마음껏 달려보지 못한
비틀거리는 육신
일그러진 삶은, 재가 되고 말았습니다.

당신이 떠나버린
이 삭풍의 땅 위엔
어떤 아쉬움이 남았기에
저리 맑은 하늘에 달을 띄우셨나요.

어느 하얀 날
웃으시며 만들어 준 눈썰매의 추억은
야윈 나무들 사이로 통곡하는데
분골마저 물에 다 띄우고 나면
잔설 남은 오솔길을

천천히 걸어야 하겠습니다.

아린 가슴 위에 뜬 낮달이
하염없이 따라오는 것을 보면서

당신이 혼자 걸으셨듯이
오래도록 혼자서 걸어야 하겠습니다

가야 한다

가야 한다.
해가 밤실재로 넘어가면 마을 가득 밥 짓는 연기 몽실
거리는 곳 고샅마다 아들딸들 부르는 어머니 목소리. 영
산강 물줄기 위로 종다리 날아오르면 나른한 몸 뒹굴며
맑은 하늘 바라보던 곳 추수 끝난 논배미 허기진 배로
공을 차던 친구들 목소리 정다운 서걱거리는 대나무가
바람에게 전설을 듣는 곳

가야 한다
소 팔러 장성장을 향해 터벅거리는 아재의 발자국 따라
노모의 허연 머리를 쓰다듬으러
이제는 가야 한다

바쁘게 걸어가는 사람들 사이
끊임없이 추구하는 이상 속
끝없이 길기만 한 여정 속
벼 한 포기, 보리 이랑 하나 남아 있지 않더라도
형제가 살았던 집
아버지의 초라한 무덤이 있는 담양 땅

비척거리는 어머니를 부축하러
삼암으로 가야 한다

6부

문득

문득

방의 한구석
책상 위
턱을 괴고 사선으로 바라보다 문득

끝없이 지껄이는 TV 속
스치는 인물 풍경 그리움 고통들을 보다가 문득

가슴 속이든 지저분한 방이든
아니면 하늘을 몰려다니는 검은 구름이든
청소를 하다가
덜 지워진 자국이나
깨끗해진 사위를 보다가 문득

열기 가득한 도심을 걷다가
산속 물소리 청량한 계곡을 바라보다가
횡단보도나 징검다리를 건너다 문득

저 서슬 퍼런
조각난 삶의 시선 하나하나에

겨누고 싶다
가슴 깊이 숨어있는 검을 꺼내어
승부하고 싶다 문득

촛불

어둠이 물러서기 전
무릎을 꿇고 불을 사른다

사위 밝아지도록
욕심 없어지도록
마음 맑아지도록

새날 밝게 빛나라고.

세면대에서

어떤 세상을 보고 왔는가, 지난밤 도시의 뒷골목을 걷다 빌딩 사이 얼핏 보였던 욕망의 발길을 따라 끝이 보이지 않던 벼랑을 오르다 별을 쫓아간 우주선을 따라가다 상처만 허물만 잔뜩 온몸에 바르더니 이 아침 거울을 보며 기억을 더듬고 있구나 깨어나 눈을 비벼대며 가득 남은 상처 씻고 씻어내면서, 동이 트는 시간 어른거리며 다가오는 사물들의 환생에 밤새 지나쳤던 수많은 만남의 흔적들을 새로운 존재로 환원시키려

다시 시작할 여행을 위하여
빛의 언저리에서 재무장하며
한 대야의 물 위에 둥둥 뜬
욕망의 찌꺼기들을
하수구로 쏟아붓는 그대

자정에 서 있는 이유

어둠을 컹컹거리는 개 한 마리가 먹고 있었다.
계곡, 물 흐르는 소리가 사물을 깨우면
산자락 모두는 또 잠을 이루지 못할 것이다.
어스름 깊은 숲의 머리 위에서 반짝
별 하나를 본 것은 살아 있다는 이유

광덕산 긴 그림자
어둠으로 커져가고
아침까지 커져만 가고
잠 못 이루는 짐승들의 한숨 소리는
휘파람 소리가 되어 산을 오르고

무심코 떨어지는 별
그 빛
바람이 되고 싶어 서 있는 자의 머리를 쓸고 지나가면
목마름은 광덕산의 어둠을 채우고

나는 나일 뿐
사색도 망상도

추구도 필요 없다
한 덩이 빛이 보내온 원초적 어둠
그 속으로 뛰어야겠다.

선학동 거리

날개를 가지고 있어야
선학동 이 거리를 지날 수 있을 것이다
간판들은 언제나 사람을 부르고

포장마차의 따듯한 꿈
어긋났던 약속
주춤거리다 지나친 비틀거리던 걸음들

네온이 파고들어 꽃으로 피어나도
지나버린 시간과 길은 되돌아오지 않아
숨 쉬는, 겨울을 기다리는 저 모든 것들에게
안식처가 주어져야 할 것이다

바람 없는 거리
추억은 거칠기만 한 것이 아니라 외로운데
목마른 계절까지 멀어져 간 지금
누구의 손을 잡고
위로를 받아야 하느냐

눈이라도 내려야 한다 비라도 내려야 한다
시린 거리가 휘청거릴 때까지

날마다 같은 길이라도
날개를 달지 않으면
이 거리를 지나갈 수 없을지 모른다
설령 봄이 올지라도

소래 좌판

졸리운 눈을 뻐끔거리며
하품을 하고 있는
민어 숭어야

열심히 거짓을 말하는
뒤돌아볼 줄 모르는
인간들의 입 입

그들의 입을
네모진 좌판에서 보았거든

돌아가라
너희들의 짠물 속으로
욕구 가득한 사람들의 내장
그 속에서 무슨 할 일이 있겠느냐

포구의 허공을 떠다니는
저 미려한 언어들 속에
번득이는 칼끝이 보이지 않느냐

차라리 뛰어라!
어두운 갯벌로

단비

온 세상 갈증으로 어수선하다
마당 말라가는 꽃밭
박박 긁어 지하수를 모아 뿌려도 잠시
백일홍 접시꽃 나팔 한련 패랭이 그리고
상추 몇 포기까지
한나절 못 버티고 늘어지는 현실 속

하늘을 바라보며 우물을 긁는다
근근이 살아가야 하는 어처구니없는 목숨
풍요롭지 못한 나의 들판
뿌리고 뿌려도 젖어 들지 않는 땅
축 처지기만 하며
더욱 타들어 가는 잎 입

풀어헤친 들판에 비 내린다
하루를 넘게 내린 단비에
호박넝쿨 손을 뻗어 나뭇가지 휘감은 날

먼데 지구 반대편에 있는 여자

전화로 비처럼 묻는다
잘 있었느냐고.

작은 하늘

화초도 키우고
작은 가슴도 키우려고
마당에 소나무나 단풍
그리고 조팝나무나 금국을 심어
연못을 만들었다

이야기 들어줄 친구들을 갖고 싶어
다슬기 우렁이 붕어 잉어를 넣었다
바쁜 마음으로

키우려 했던 것들 모두 홍수로 지나가고
연못 속 자라고 있는 것
텅 빈 한가로움

하늘 한 자락 떠간다
구름 하나 쉬어간다
뚫렸다!

설무雪舞 안에서

고립되었다.
하얀 겨울 속에
끝없이 내려오는 순백의 전설에

어차피 가야 하는
어지러운 길
눈 속 어디를 걷든
무슨 상관이랴

내장까지 하얀 육지
덩실거리며 내려오는
눈길 속
춤이라도 추어보자

또 지워질 발자국 위에
덩실덩실 추어보자
정화되었다

백양사 굴참나무

고불총림 백양사
시린 바람 소리 따라 매웠던 겨울
그 이야기 속에서 내려오던 길
아름드리 굴참나무를 우러른다

되돌아본 지난 세월
하루라도 편안했던 날 있었던가
야윈 가지 하나 살찌우기가
존재보다 어려웠던 나날
모진 세월이나
모질지 않은 세월이나 매한가지
아프게 살아온 날들을 모아 오늘
오가는 이들에게
그늘과 바람 안겨줄 수 있으니
몇 백 년 아름드리로 서 있는 것

거목 굴참나무 법문 들으며
백양사 굽은 길
도시로 돌아가기 위해 걸어야 한다

뽀드득 남는 발자국 위
포근한 하얀 별들 천지 가득 내려오는데

우리들

기어가는 소리
지저귀는 소리
흘러가는 바람 물소리
잔잔한 소리의 계곡

햇살
숲 사이 내려앉으니
온통 꿈틀거리는 생명
생명들

움직이는 모든 생명에게
깊게 숨 들이키며
지그시 물어본다
우리
우리들이라고 불러도 되냐고

가을이 지나가는 길목

저기
골목마다 낙엽 지나가고
우뚝 서 있는 건물 사이 바쁜 걸음들
더 바쁜 찬란한 색들
그 사이를 걷는 발걸음은
왜 더디고 싶은 것이냐

계절이 지나가는 길목
보아야 할 것들 느껴야 할 것들
울지 말아야 할 것들과 조용히 타협하는 중

말 많았던 얼굴들
그냥 지나가도 죄가 되지 않았던 시간들

바쁘게 거리를 날아다니니
이제 누구에게 할 말이 남아 있겠는가

저리 계절은 혼돈 속을 지나는데
세상을 보며 아직,
그 속에 남아 있어야 하는데

일지춘화一枝春花

참 세월 속 나무의 결
젖빛 무늬 살결에 매화를 새겨본다

고목 끝자락에 핀 아름다움
사람의 모습이 이랬으면 좋겠다
매운 겨울 이겨낸 서기의 향

아린 가슴으로
처절하게 핀 꽃 따라
겨울 끝자락

향이나 피워야겠다
조심스레 망치 두들기며
몸으로

대나무

정성으로 칼질하여
고고함을 새겨본다
휘어지다 휘어지다 부러지는 올곧음

영산강 줄기 따라
종다리 높이 날던 날
삘기 뽑던 방천에 누우면
사각거리는 대나무들의 합창 소리

한 땀 한 땀 새겨본다
담양 하늘
절로 생각나게.

쑥떡

부모님을 뵌 지 너무 오래
하늘에서도 잘 지내시는지 궁금하여
입맛이 전처럼 동할지 모르겠다

설 명절 다가오면
떡판에서 멋지게 힘을 주던 아버지
몇 번이고 사립문 밖 동네 어귀를
내다보시던 어머니
유난히 쑥떡을 좋아했던 기억

고아로 쑥떡 바라보려면
호흡을 골라야 한다
마음을 정제하고
눈 가라앉히려 애쓰는데
절로 눈자위 젖어 든다

부모님 향을 바라보려면
호흡부터 다듬어야 한다

자전거를 타고 싶다

자전거를 타고
들녘 작은 길을 달리고 싶다

바람에 실린 가을 향기들이
귓전과 머리카락에
가득 흔들리도록

갈림길에서 다리를 쉬다가
조금은 망설이다
내키면 달리는 마음 음미하며

익어가는 소중함들
가슴 가득 들어오거든
이마에 흐르는 땀 닦아도 보고

붉은 홍시처럼 익어 떨어질
하늘이 다가오면
볏짚 타는 연기로
밥을 짓는 마을 찾아
가르릉거리며 하루를 보내고 싶다

한 번 더 살아야 할까

두 번의 죽음을 들락거렸던
붉은 호적의 아버지
옥죄고 있던 좌익 이데올로기라는
단어조차 모르시던 어머니는
항상 놀라 철렁이는 가슴으로 살았다
그러다 모르는 척 두 분은 곁을 떠났고

담배를 끊지 못한 목숨마냥
덤으로 살아온 주체
여분으로 살은 발버둥들

살아 있다는 사실 속
서툴렀던 방식과 서툴던 본능
동떨어진 현실은 아직 어지러우니
한 번 더 살아야 할까

산속 하얀 눈 쓸며 사는 일이
아직 멀리 있는 일처럼 남았구나

나직한 목소리로 간절히 노래하는 '사모곡'

호 병 탁(시인 · 문학평론가)

1

시에 대한 순수하고 진정한 자세와 마음에서 비롯된 것으로 보이는 시인의 어법과 문장은 솔직하고 소박하다. 그래서인지 전체적으로 작품들은 난해하지 않다. 그럼에도 시집의 많은 작품에는 얼핏 보아 쉽게 파악되지는 않지만 깊은 사유를 통한 철학적 통찰이 녹아 있음을 발견하게 된다. 우선 시집의 첫 번째 작품을 읽으며 논의를 계속하기로 하자.

햇살들이
그대의 속삭임 되어 어깨에 내려오네요
오늘은 한가롭게 여백이란 그림을 그려
가슴에 남기고 싶습니다

그 안에서

그대의 작은 밀알들이 자라

숲이 되고 거대한 산이 되고

그 아름다운 산하가

익어 익어

이 가을날 햇살로 풍성해지도록

시원하게 맑은 하늘

붉게 물들어가는 감 몇 알로 가슴까지 익어가는 오후엔

그대가 그려줄 화폭을 펼쳐두고

기다림만 그리렵니다

　　　　　　　　　　　　　　－「여백이 있는 오후」전문

　햇살이 좋은 한가로운 어느 가을날 오후다. 햇살은 마치 "그대의 속삭임"과도 같이 어깨에 내려와 부서지고 있다. 참 아름다운 정경이다. 우리는 여기서 '그대'로 불리는 한 사람을 생각하며 그리워하고 있는 화자의 마음을 느낄 수 있다. 화자는 이처럼 한가로운 날, "한가롭게 여백이란 그림을 그려/ 가슴에 남기고" 싶다는 자신의 희망을 피력하며 작품 첫째 연의 문을 연다.

　그런데 "여백이란 그림"이란 말이 벌써 예사롭지 않다. '여백餘白'은 그림에 아무 내용도 없이 비어있는 부분을 말한다. 즉 화폭에 붓 자취 하나 없이 '하얗게 빈 공간white space'을 가리키는 것이다. 그렇다면 '여백이란 그림'이란 말에는 모순이 발생한다. '그림'은 본래 어떤 형상을 평면 위에 선 또는 색채를 써서 나타낸 것이기 때문이다. '역설'이 고개를 든다.

그러나 우리는 동양화, 특히 문인화에 있어 여백의 미가 얼마나 중요한 역할을 하는지 잘 알고 있다. 서양화는 화폭을 꽉 채워서 그림을 그리고 색을 칠하는 경향이 크지만, 동양화의 경우는 일부러 여백을 남기면서 전체적인 공간을 활용한다. 이때의 여백은 단순한 빈 공간이 아니다. 붓질한 부분과 빈 공간은 필연적으로 결합되어 조형의 미를 극대화하고 여운을 통해 우리를 사유의 세계로 인도하게 되는 것이다.

둘째 연에서 시인은 그 텅 빈 공간 안에서 "그대의 작은 밀알들이 자라" 숲이 되고 산이 되어 마침내 "아름다운 산하"가 되기를 바란다. 그리하여 "이 가을날 햇살로" 풍성하게 익어가기를 희망하고 있다. 그러나 이런 모든 것들은 구체적인 현실의 그림이 아니다. 여백 속에 그려지지 않은 그림, 즉 화자의 마음이 어른대고 있을 뿐이다.

셋째 연이자 마지막 연에서는 다시 화자의 현실세계다. 시인은 우리에게 아름다운 가을풍경을 다시 보여준다. "시원하게 맑은 하늘/ 붉게 물들어가는 감 몇 알"…, '파란' 하늘과 '빨간' 감의 강한 색채 대비가 강력한 시각적 심상을 유발하고 있다. 얼마나 선연한 모국의 가을풍경인가.

그런데 화자는 "화폭을 펼쳐두고" 이런 현실적이고 구체적인 풍경 대신 "기다림만 그리"겠다고 다짐하고 있다. '기다림'은 마음속의 생각이다. 당연히 형체도 색채도 없다. 첫 연에서 화자가 '여백이란 그림'을 그리겠다는 말이 상기되며 고개가 끄덕여진다. 가을하늘 아래 익어가는 감은 선과 색채가 분명하지만 '기다림'은 아무것도 볼 수 없는 빈 공간에 불과하다. 그러나 이 작품에서 잘 붓질 된 가을 풍경과 기다림이라는 텅 빈 여백은 내적 사유로 강하게 결속되며 작품 전체의 조형미를 극대화하고 있다. 동시에 화자가 얼마나 '그대'라고 불리는 사람을 그리워하며 기다리고 있는지 그 간절한 마음이 독자의 가슴을 치며 다가오게 되는 것이다.

2

앞 작품의 시제는 「여백이 있는 오후」다. 그리고 화자는 가을이 깊어가는 이런 오후엔 화폭에 '기다림'이란 그림만 그리겠다고 다짐하며 작품을 마감하고 있다. 그런데 '기다림'과 '그리움'은 맥락을 같이 한다. 보고 싶어 애타는 마음이 '그리움'이다. 보고 싶은 마음이 없다면 애초부터 기다리는 마음이 생길 수도 없는 것이 아닌가.

앞의 작품에서 화자는 '그대'라고 불리는 사람이 보고 싶어 기다림의 '여백이란 그림'까지 그리려 하고 있다. 그런데 '그리움'의 대상은 사람뿐 아니라 얼마든지 사물이 될 수도 있다. 특히 자기가 태어나서 자란 '고향'은 누

구에게나 마음속 깊이 간직된 간절한 그리움의 대상이
되지 않을 수 없다.

　가야 한다.
　해가 밤실재로 넘어가면 마을 가득 밥 짓는 연기 몽실거
리는 곳 고샅마다 아들딸들 부르는 어머니 목소리. 영산강
물줄기 위로 종다리 날아오르면 나른한 몸 뒹굴며 맑은 하
늘 바라보던 곳 추수 끝난 논배미 허기진 배로 공을 차던
친구들 목소리 정다운 서걱거리는 대나무가 바람에게 전
설을 듣는 곳

　가야 한다
　소 팔러 장성장을 향해 터벅거리는 아재의 발자국 따라
　노모의 허연 머리를 쓰다듬으러
　이제는 가야 한다

　바쁘게 걸어가는 사람들 사이
　끊임없이 추구하는 이상 속
　끝없이 길기만 한 여정 속
　벼 한 포기, 보리 이랑 하나 남아 있지 않더라도
　형제가 살았던 집
　아버지의 초라한 무덤이 있는 담양 땅
　비척거리는 어머니를 부축하러
　삼암으로 가야 한다
　　　　　　　　　　　　　　　　－「가야 한다」 전문

113

우리는 작품을 읽으며 시인의 고향이 전남, "담양 땅"이라는 것을 자연스럽게 알게 된다. 시인은 첫 연에서 그 고향의 아름다운 정경을 감각적으로 자세하게 묘사하고 있다. 그런데 우리는 이미 이 연에서 "고샅마다 아들딸들 부르는 어머니의 목소리"를 듣게 된다. 그만 놀고 어서 들어와 밥 먹으라고 부르던 그 목소리는 이제 얼마나 정겹고 그리운 목소리가 되고 말았는가.

실상 대다수의 사람들에게 어린 시절의 고향은 가난했다. 따라서 서글픔과 배고픔의 추억이 깃든 곳이었음은 사실이다. 그러나 시인은 "노모의 허연 머리를 쓰다듬으러" 그 고향에 "이제는 가야 한다."고 강조한다. 셋째 연에서도 시인은 "비척거리는 어머니를 부축하러" 고향 땅에 돌아 가야 한다고 재차 강조하며 작품의 매듭을 묶고 있다.

시인이 의도했든 그렇지 않았든 여기에는 철학적 사유를 통한 '자식의 도리'에 대한 성찰이 담겨있고, 우리는 작품에 무언가 '가르침의 기능'이 내재되어 있다는 느낌을 받는다.

여기서 우리는 '문학의 기능'은 무엇인가에 대해 생각해보게 된다. 이 말은 '문학의 본질'은 무엇인가라는 물음 못지않게 중요하다. 이 두 가지 물음은 다른 것처럼 보이지만 뗄 수 없는 관계를 맺은 말이다. 문학의 '역할과 작용'을 말하는 그 '기능'은 그 '독자적 성질'을 말하는 '본질'에서 비롯되는 것이고, '본질' 또한 그 '기능'이 결정

적일 수밖에 없다. 항아리는 물건을 담는 데 쓸모가 있는 것이고, 이런 쓸모가 있으므로 물건을 담는 항아리로서의 성질을 지닌다. 두 가지 측면에서 문학의 기능은 파악되고 있다. 하나는 독자를 즐겁게 하는 기능이고 다른 하나는 독자를 가르치는 기능으로 전자가 문학의 심미적 · 쾌락적 기능을 중시하는 것이라면 후자는 실용적 · 공리적 기능을 중시하는 것이라 할 수 있다. 이 두 가지 기능은 문학의 내용과 형식과도 직결된다. 실용적 · 공리적 기능을 중시하는 입장에서는 형식보다는 내용 쪽에 무게를 둔다. 형식은 '내용을 담은 그릇'이나 '사상에 입힌 옷'에 불과하다. 반대로 심미적 · 쾌락적 기능을 중시하는 처지에서는 문학의 내용은 '의복을 전시하기 위한 마네킹'으로 간주한다. 중요한 것은 마네킹이 아니라 그 위에 걸쳐 있는 옷이 되는 것이다.

그러나 훌륭한 작품이라면 이 두 가지 기능이 자연스럽게 결합하여야 한다. 당연히 내용과 형식 또한 육체와 영혼의 관계처럼 결합되어야하는 것이다. 사과를 먹는 것은 우선 맛과 향이 좋기 때문이다. 동시에 영양분과 비타민 시도 절로 섭취하게 되는 것이 아닌가.

우리는 이미 앞에서 시인이 고향의 부모님을 소중히 생각하고 감사하게 여겨 찾아뵈어야 한다는 '교훈적 의미'를 넌지시 제시해주고 있음을 파악하였다. 즉 작품의 '내용'으로 실용적 · 공리적 기능에 해당한다. 이제 작품의 '옷'에 해당하는 '형식'에 시선을 집중해 보자. 즉 심미적·쾌락적 기능을 살펴보자는 것이다.

3

문학 언어, 특히 시의 언어는 작가의 면밀한 기획 아래 일상 언어의 속성을 확대 혹은 변형시키며 표현된다. 이는 정해져 있는 내용을 꾸미기 위한 장식적 의미의 수단은 결코 아니다. 대상에 의해 환기된 정서를 시인의 언어로 재창조하여 독자들이 그것을 심미적으로 전달받고 공감할 수 있도록 표현된 언어조형인 것이다.

시는 '소리와 의미의 유기적 결합'이라는 정의가 있다. 그만큼 시에서 소리나 음악성은 그 비중이 크다. 서정시를 의미하는 '리릭'이란 말도 그 어원은 '리라'라는 현악기가 아닌가. 음악성은 시를 규정하는 가장 중요한 요소 중의 하나이다. 시인은 음악성을 위해 두 가지 방법을 쓰게 되는데 하나는 리듬을 살리는 것이고 다른 하나는 의성·의태어처럼 시늉말을 사용하여 소리의 효과를 제고하는 것이다. 인용된 시의 음악성은 리듬, 즉 운율에서 비롯된다.

우선 작품 각 연의 첫째 행과 마지막 행을 주목할 필요가 있다. 첫 연의 첫 행은 "가야 한다."라는 단언적 발화다. 그리고 이 발화는 둘째 연의 같은 위치, 즉 첫 행에서 정확히 반복되고 있다. 당연히 이런 동일한 시행의

병렬은 리듬을 살리는 데 필수적이다. 그런데 같은 연 마지막 행에서도 "가야 한다"는 재차 발화된다. 놀랍게도 이 말은 셋째 연 마지막 행에서 또다시 반복되고 있다. 즉 둘째 연을 매개로 해서 처음에는 첫 행이, 이후에는 마지막 행으로 약간의 변화를 가지며 반복되고 있는 것이다. 리듬은 반복과 변이에서 생겨난다. 소리가 너무 똑같게 되풀이되면 단조롭고 지루한 느낌을 줄 수 있다. 반대로 지나친 변화는 오히려 혼란을 야기한다. 시행의 이러한 독특한 배치는 환기된 정서를 독자에게 심미적으로 전달하고 공감을 획득하는 효과를 발휘한다. 물론 "가야 한다"는 말의 반복적 배치에 따른 시적 음악성의 창출 효과는 더 이상 말할 나위도 없다.

시인은 일상에서 사용하는 언어보다 훨씬 전압이 높은 언어를 구사하려 한다. 평면적이고 일차원적 언어 대신 입체적이고 다차원적 언어를 채택하고자 하는 것이다. 일상어는 듣는 사람을 이해시키는 데 치중하지만 문학어, 특히 시어는 이해뿐 아니라 감각, 정서, 상상력을 불러일으키는 데 힘을 쏟는다. 이를 위해 시인은 여러 문학적 장치를 견인한다. 앞에서 우리는 한 편의 서정시에 나타나는 '음악적 요소'에 시선을 집중해 보았다. 그런데 이 시는 이에 더해 고향을 향한 화자의 지극한 마음이 빼어난 '심상'을 통해 아름답게 표출되고 있음을 알 수 있다.

'감각적 지각'은 우리가 외부세계를 인식할 때의 첫 번째 관문이다. 언어는 인류의 경험이 축적된 결과로 생긴 의미의 기호인 바 언어를 독특하게 사용함으로써 그 의미의 모체인 경험 자체를 자극하여 감각적으로 재생시킬 수 있다. 문학적 언어는 바로 이런 능력을 가지고 있고 그것을 십분 활용하려 한다. 특히 시인이 쓰는 언어는 일상어보다 대상을 훨씬 감각적으로 인식하도록 자극하는 언어를 사용하게 되는데 우리는 이를 '심상image'이라 부른다.

첫 연에서 시인은 자신의 고향을 "해가 밤실재로 넘어가면 마을 가득 밥 짓는 연기 몽실 거리는 곳"이라고 묘사한다. 또한 "고샅마다 아들딸들 부르는 어머니의 목소리"라고 묘사한다. 전자는 시각적 심상이, 후자는 청각적 심상이 생생한 감각적 지각으로 다가온다. "영산강 물줄기 위로" 종다리 나는 하늘을 보며 풀 위 나른한 몸을 뒹굴기도 한 곳이다. "추수가 끝난 논배미 위" 함께 "공을 차던 친구들의 목소리"가 정답고, "서걱거리는 대나무가 바람에게 전설을 듣는 곳"이기도 하다. 모두가 고향을 강하게 느끼게 하는 감각적 심상이 가슴을 파고드는 아름다운 정경이다. 둘째 연에의 "소 팔러 장성 장을 향해 터벅거리는 아재의 발자국" 또한 얼마나 뛰어난 심상인가. 여기에는 신산하기만 한 농민의 삶까지 함의되고 있다.

4

김석렬의 심상은 강력하다. 나는 이를 시인의 가장 큰 특징이자 장처로 본다. 이런 심상들의 집합은 시집의 다른 많은 작품에서도 얼마든지 발견할 수 있다. 고향의 '오일장'을 그리고 있는 작품을 그 한 예로 들어보자

사람 사는 맛을 느끼고 싶을 때
어머니 보고 싶을 때
무작정 추억이 그리울 때
오일장에 가고 싶다

우직하고 퉁스런 무쇠솥에 끓어오르는 국밥 한 술
어정거리며 괜히 돌아다니는 발걸음들
팔고 사고 분주한 척
겨울 작은 햇살로 모여드는 정

무엇이 없던 곳이랴
조기 금빛으로 줄줄이 걸리고
등 푸른 고등어 은빛 갈치 넘치던 어물
뜨거운 불 따당거리는 망치 소리에 시퍼런 날 세우던
낫, 호미 그리고
학비에 팔려 간 누렁이가 못내 돌아보던 쇠전 있던
고향 한재의 오일장

먼지 날리던 장고살마다 위로와 웃음 주고받던
그리운 얼굴들
물건들 손들 그 포근함들

잔주름 가득 넘어온 시간
먹는 나이만큼 더 그리워지는 곳
어느 곳이든 어머니 얼굴이 있을 것 같은
오일장에 가고 싶다
－「오일장」전문

　이 시의 미학적 핵심은 강력한 심상으로 오일장을 구
체적으로 묘사하고 있다. 그곳에는 "우직하고 퉁스런 무
쇠솥에 끓어오르는 국밥"이 있었다. 장날이 되면 "조기
금빛으로 줄줄이 걸리고/ 등 푸른 고등어 은빛 갈치 넘
치던" 어물전도 열렸다. "뜨거운 불 따당거리는 망치 소
리에 시퍼런 날 세우던/ 낫, 호미" 등을 풀무질하여 만드
는 대장간도 있었다. 사람들은 "팔고 사고 분주한 척"
"어정거리며 괜히" 바쁘게 돌아다녔다. 우리는 이제 화
자와 함께 장거리를 직접 구경하며 돌아다니고 있다. 특
히 그곳에는 "학비에 팔려 간 누렁이가 못내 돌아보던
쇠전"도 있었다. 이 말은 심상을 뛰어넘어 우리 마음까
지 짠한 안타까움에 빠지게 만든다. 고향 장날의 이런
묘사들은 정말 시인의 장처가 유감없이 발휘되고 있는
대목이라 하지 않을 수 없다.

이 작품은 다섯 연으로 구성되어있지만 실상 둘째, 셋째 연은 장터를 묘사하는 수식의 기능을 가질 뿐 전체적으로는 두 개의 종지 형태를 가진 두 개의 문장으로 구성되어있다고 보아야 한다. 그런데 이 작품에서도 "오일장에 가고 싶다"는 똑같은 종지형이 두 문장 마지막에 반복·병치되고 있다. 이는 물론 앞서 언급한 시적 음악성의 창출 효과뿐 아니라, 환기된 고향에 대한 화자의 정서를 배가시키는 기능을 발휘하고 있다. 이 점 눈여겨 볼 필요가 있다.

왜 화자는 "오일장에 가고 싶다"라는 말을 반복하여 발화하고 있는가. 화자는 첫 연에서 "어머니 보고 싶을 때"라고 그 시점을 말하고, 마지막 연에서는 오일장 어느 곳에나 "어머니 얼굴이 있을 것" 같기 때문이라고 그 이유를 밝히고 있다. 앞에서 작품 「가야 한다」에서도 시인은 "노모의 허연 머리를 쓰다듬으러" "비척거리는 어머니를 부축하러" 고향에 "가야 한다"고 강조하고 있다. 두 작품 모두 아름다운 고향의 풍광을 묘사하고 있지만, 어디까지나 작품 내용의 정신적 버팀목은 '어머니'다.

우리는 여기서 한 번쯤 '어머니와 고향'의 관계에 대해 생각해볼 당위를 느끼게 된다. '고향'의 사전적 정의는 '자기가 태어나서 자란 곳'이다. 그런데 태어난 곳은 어머니가 있었던 곳이고, 자란 곳은 어머니 젖을 먹으며 성장한 곳이다. 이 말은 어머니가 없었다면 태어날 수도 없었고, 어머니 젖이 없었다면 자랄 수도 없었다는 너무나 당연한 말과도 같다. 다시 말하자면 낳아주시고 키워주신 어머니가 없었다면 어느 누구도 그 존재 자체가 불가능했을 했을 것이다. 고향은 이처럼 '나'라는 존재를 있게 한 어머니와 직결된다. 화자가 고향에 "가고 싶다"와 "가야 한다"를 반복하는 것은 너무나 자연스러운 일이다.

5

시인은 위 작품에서 고향의 오일장 어느 곳에나 "어머니 얼굴이 있을 것" 같아서 그곳에 "가고 싶다"고 강조하고 있다. 앞서 잠깐 언급했지만 나는 작품에서 "학비에 팔려 간 누렁이가 못내 돌아보던 쇠전"이라는 구절이 가장 아프게 가슴에 육박해온다고 했다. 어려운 살림 탓에 누렁이는 오일장에 팔려나갔다. 해 저무는 저녁이면 새도 둥지로 찾아든다. 화자도 힘들었겠지만 이날 밤 누렁이는 얼마나 '귀소본능'에 견디기 힘들었을까. '수구초심首丘初心'이란 말이 있다. 여우가 죽을 때에 머리를 자기가 살던 굴 쪽으로 둔다는 고사로, 죽어서라도 고향땅에 묻히고 싶어 하는 마음을 뜻한다. 연어는 먼바다에 나가 성장하고 4년 뒤에는 다시 태어난 강으로 산란을 위해 돌아온다. 무릇 생명이 있는 모든 것은 이처럼 귀소본능이 있다.

짐승도 미물도 이럴진대 하물며 인간은 오죽하랴. 취해서 의식이나 판단능력을 잃어버려도 집은 찾아간다. 집에 대한 정확한 자료를 기억해서라기보다는 거의 감각적으로 혹은 본능적으로 찾아가게 된다. 이처럼 강한 회귀성과 귀소성을 지닌 인간이 고향을 찾고자 하는 것은 당연지사가 아닐 수 없다.

그러나 실상 시인은 고향과는 멀리 떨어진 객지에 살고 있다. 이런 현실 속의 자신을 바라보는 시인의 안타까운 눈이 있다.

봄꽃들 질러간 산과 들
밭둑 걸어가는 발걸음 한가롭다
새들의 날갯짓도 한가로운
허전함 속
햇살에 듬뿍 젖어 하늘을 우러르는 나
누구의 아들인가
(…)
오늘이 무슨 날인지 아는 몸
푸르고 시린 담양 쪽 하늘을 돌아본다
고아가 된 뒤의 한가로움은
아직도 서툴다

— 「어버이날」 부분

봄꽃들이 지나간 "밭둑 걸어가는 발걸음"이 한가롭다. "새들의 날갯짓"도 한가로운 날이다. 화자는 이런 날 "햇

살에 듬뿍 젖어" 하늘을 우러러보고 있다. 무언가 "허전
함"이 든다. 화자는 자신에게 스스로 묻는다. 나는 누구
인가. 과연 "누구의 아들인가"

　화자는 "오늘이 무슨 날"인지 잘 알고 있다. 오월 팔일
'어버이날'이다. 화자는 고향 담양 쪽의 "푸르고 시린" 하
늘을 본다. 그리고 한 마디 절창을 뽑는다.

　"고아가 된 뒤의 한가로움은/ 아직도 서툴다"

　'고아'는 부모를 모두 여의고 만 사람을 말한다. 우리
는 여기서 양친 모두 돌아가시고 혼자 객지에서 거하고
있는 화자의 현실을 재차 확인한다. 화자도 나이가 든
모양이다. 그의 현재는 바쁘지 않고 여유가 있는 '한가로
움' 속에서 살고 있다. 그러나 화자는 그것이 "아직도 서
툴다"고 고백하고 있다. '한가로움'이 익숙한 것이 되어
즐기는 것이 아니라 아직도 서툴게만 생각되는 이유는
무엇일까. 고아라는 것을 알기 때문이다. 이는 앞에서
'한가롭게' 밭둑을 걷고 있지만 그것이 "허전함 속"에 있
다는 말과 맥락을 같이한다. 자신을 고아라고 말하는 화
자의 토로에는 진한 부모님에 대한 사랑이 서리서리 맺
혀있음을 알 수 있다. 한 마디로 간절하게 다가오는 '사
모곡'이다. 그러나 요란하지 않다. 밭둑의 발걸음과 새들
의 날갯짓만이 함께하고 있을 뿐이다. 이 글의 제목 「나
직한 목소리로 간절히 노래하는 '사모곡'」은 이에 연유된
것임을 첨언한다.

6

많은 독자에게 호소력을 갖고 애송되는 시는 대체로 생활에 밀착된 모국어의 기본어휘로 구성되어 있다. 어렸을 때 맛 들인 입맛이 평생 구미口味의 취향이 되듯 성장과정의 초기에 익힌 모국어는 투박하지만 맛깔스런 느낌으로 누구에게나 지속적인 사랑을 받는다.

다시 「오일장」 서는 「고향」으로 돌아가 보자.

작품에는 여러 지명들이 등장하고 있다. 우선 고개를 넘어가야 하는 '밤실재'가 나오고 사람들의 흥정하는 소리와 웃음소리가 정겨웠던 '장성 장'도 나온다. '영산강 물줄기'가 펼쳐지는가 하면 '삼암'이란 동네 이름도, 오일장이 서던 '한재' 마을도 고개를 내민다. 그런데 우리는 이런 지명을 정확히 몰라도 아무런 지장이 없다. 원래의 시골의 지명들은 그 발음 자체만으로도 친근하고 맛깔스럽기 때문이다.

우선 지명부터 언급하며 시를 읽고 있지만 역시 가장 주목해야 할 점은 시인이 선택하여 구사하고 있는 어휘다. 작품에 견인되고 있는 어휘들은 후기 교양체험에서 습득한 것이 아니라 어릴 적부터 익힌 삶에 밀착된 직정直情적 언어들이다. 즉 시인의 발화는 서민의 기층基層언어에 근간을 두고 있고 바로 이런 점이 그의 작품을 친근하고 정감이 어린 것으로 만드는 연유가 되는 것이다.

촌락의 좁은 골목길은 말하는 '고샅', 논두렁으로 둘러

싸인 논을 말하는 '논배미', 아저씨를 말하는 '아재'는 얼마나 정감 있는 모국어들인가. 닷새마다 서는 시골 '오일장'의 천막 아래 '무쇠솥'에서 펄펄 끓는 '국밥' 그리고 대장간의 '망치' 소리에 시퍼런 날 세우던 '낫' '호미'와 같은 어휘들은 얼마나 강력한 공감의 정서를 환기하는 말들인가. '누렁이'나 '쇠전'과 같은 어휘 또한 말할 나위도 없다. 모두가 전통 농경사회 때부터 사용되던, 지금은 안타깝게도 사라지고 잊혀가는 언어들이다.

시인이 견인하는 농경사회에 밀착된 모국어의 기본어휘는 다른 작품 도처에서도 나타난다.

> 이른 아침이면 어릴 적 엄니처럼
> 요강단지를 든 바쁜 그녀의 텃밭은 항상 풍요로웠다
> 사철 푸른 시금치나 치마상추 무성한 호박 덩굴
> 비릿한 쇠비름이나 바랑이 까마중까지
>
> ─「텃밭」첫 연

화자와 이웃한 여인의 텃밭을 보며 그 풍요로움을 묘사하고 있는 대목이다. 그 풍요는 작물을 살뜰하게 보살피는 그녀의 부지런함에 기인한다. 그녀는 화자의 어릴 적 '엄니'처럼 아침마다 '요강단지'를 들고 바삐 움직였다. 여인의 살뜰함과 부지런함을 상찬하는 문장이지만 화자는 여기서도 잊지 않고 자신의 '어머니'를 회상하고 있다. 아침 요강단지에는 지난밤의 오줌이 담겨 있었을 것이고 이것은 밭에 좋은 거름이 되었을 터이다. 여기서의 핵심적 어휘는 '엄니'와 '요강단지'다. 투박하지만 정겨운 이런 언어들은 우리의 감각에 역동적인 심상으로 강하게 다가온다. 이어지는 텃밭의 여러 작물 명칭들, 즉 '시금치' '치마상추' '호박 덩굴'은 물론 현대 도시인의 귀에는 다소 생경하게 들리는 '쇠비름' '바랑이' '까마중'과 같은 식물 이름들도 싱싱한 감각으로 생동감 있게 다가온다.

7

  시인은 아예 일반인들은 잘 이해하지 못할 어휘를 견인하며 이를 설명하는 작품을 쓰기도 한다. 「남해 갓후리」라는 작품에서 해당 지역에 살지 않는 사람은 도대체 '갓후리'가 무얼 의미하는지 알 수가 없다. 시인의 말마따나 '가두리'를 잘못 쓴 것인가.

> 반달의 안쪽 모양으로 활처럼 휘어진 해변
> 달의 한쪽 끝에 동아줄을 잡고 있는 사람들이 있었고
> 통통거리는 배는 줄을 바다에 뿌리며 큰 원을 그리는 거야
> 달의 반대편에 도착한 배가 동아줄을 내리면
> 초승달의 양 끝에 모여든 사람들이
> 동아줄을 당기는 거야

갓후리는 바다의 둘레를 돌며 그물을 후리는 고기잡이
당기는 동아줄에 바다가 끌려오는 거지

질펀한 바닷물과 미역이며 다시마 등의 해물
펄펄 뛰는 생선들
뱃사람의 비릿한 입내까지 잡아당기는 고기잡이

구수한 인정이 살아 숨 쉬는
솔향기 속 바다
그 활처럼 달처럼 굽은 남해
살아 퍼덕이는 바다를 당기고 싶다

－「남해 갓후리」 부분

　작품에서 해변의 곡선은 '반달'로, 이는 다시 구부러진
'활'로 비유된다. 달 한쪽 끝에 "동아줄을 잡고 있는 사람
들"이 있고, 통통배가 "줄을 바다에 뿌리며" 원을 그리면
반달 양 끝에 모인 사람들이 "동아줄을 당기는" 것이다.
이것이 바로 가두리가 아닌 '갓후리' 고기잡이다. 시인은
이를 "동아줄에 바다가 끌려오는" 것이라고 멋들어지게
표현하고 있다. 그 안에는 "질펀한 바닷물 미역이며 다
시마"가 있고 "펄펄 뛰는 생선들"이 있다. '갓후리'는 "뱃
사람의 비릿한 입내"까지 잡아당기는 고기잡이라며 화
자는 "그 활처럼 달처럼 굽은 남해/ 살아 퍼덕이는 바다"
를 당기고 싶다는 말과 함께 작품을 끝내고 있다.

우리는 시인의 실감 나는 설명 덕분에 '갓후리'라는 말의 의미를 정확하게 알게 되었다. 그러나 동시에 '동아줄' '통통배'라는 기층언어와 동아줄 안의 '질펀한 미역' '펄펄 뛰는 생선'과 같은 그야말로 바닷냄새가 물씬 나는 힘찬 정서로 우리 가슴을 때리는 것을 느끼게 된다.

8

지금까지 몇 작품을 독서하며 우리는 시인의 정신적 사유세계와 함께 시 작품으로서의 언어 형태 조직을 살펴보았다. 즉 작품의 '내용과 형식'에 대해 고구해 본 것이다. 물론 훌륭한 작품이라면 이 두 가지 기능은 육체와 영혼처럼 자연스럽게 결합되어야 한다고 이미 언급한 바 있다. 그리고 김석렬의 이번 시집에는 철학적 통찰이 녹아 있는 작품이 많이 있지만, 얼핏 보아서는 이런 통찰이 쉽게 파악되지는 않는다고도 언급한 바 있다. 이는 물론 당연한 일이다. 만약 그가 직설적으로 자신의 관념이나 그에 대한 철학적 개념을 작품에 견인했다면, 우리는 쉽게 그가 말하고자 하는 사유내용을 파악할 수 있다. 그러나 이런 경우 그것은 예술적 문학작품이 될 수 없다. 시에는 시 고유의 즐거움이 있어야 하고 충족시켜야 할 형식적 요건이 있다. 그렇지 못한 언어조직은 시라는 이름에 어울리지 않는다.

「가야 한다」와 「오일장」에서 그는 뛰어난 언어조직으로 잊지 못할 풍경을 사생하고 있다. 그러나 그 풍경에는 어머니에 대한 간절한 그리움과 극진한 사모의 정이 담겨있다. 심지어 이웃 여인의 풍요로운 「텃밭」을 보면서도 '엄니'에게 바치는 헌사를 잊지 않는다. 그러나 앞에서 본대로 시인은 모국어의 기본어휘를 견인하여 실감나게 풍경을 사생하고 있을 뿐이다. '유방'과 '젖'은 같다. 그러나 그 정서는 천양지판이다. 시인은 이처럼 우리의 정서를 때리는 심상의 기층언어를 선별하여 작품에 구사한다. 이제 고향의 풍경 위에는 생동감의 맥박이 뛰고 작품은 성공적인 동적 예술로 변모하고 있다. 즉 작품의 '내용과 형식'은 예술적으로 자연스럽게 연결되고 있는 것이다. 고향을 그리는 시인의 혈맥에는 아직도 펄떡거리는 싱싱한 피가 돌고 있음이 틀림없다.

작품을 제대로 읽어내야 한다는 욕심에 지면만 많이 할애하고 시 몇 편 보지도 못했다. 시인의 변함없는 건필을 기원한다.

황금알 시인선